つまからほどきましょ

今村秀子

思潮社

つまからほどきましょ

今村秀子

思潮社

目次

組版・装幀＝思潮社装幀室

つまからほどきましょ

今村秀子

はるさめ

つまから　ほどきましょ
たとうしにくるまれたあかいきものは　もう

あわせのすそをつまみ
はたいてみせてくれた　おはりのせんせい
またしても
みやつくちから　にのうでをつかみにくるような

「じょうずにつまをたぶらかせば
　うつくしさは　きわだちます」

そんなことば　いくえにもおりたたみ
なんかいめの　はるでしょう

ゆきどけのあぜみちで　ころころ　と
あくもうそもひたかくす　ふきのとう
ねっとうをくぐらせ
れいすいにさらし
うきたたせたほろにがみ
のどのおくで　にやっと　ふりむいたまんま

こっそり　ぬすみざけでながしましょ

ひえきったひざがしらを
とろり　うちまたからつつみこむ　うらじのはぶたえ
あしさきからほてってきます

そとはあめもよう

いくつできたかしら　ちりめんのかんにんぶくろ

＊褄（つま）　袷（あわせ）や綿入れなどの表地と裏地とが、裾と衿下の最下の角で、一点に集まるところ。

にじりぐち

みみにくちをつけ
なにごとも　そそうのないよう
けっして　どつぼ　にはまっては

それゆけ
わたってゆけ
けしかけてくる　うわめづかいのかげ

ふみはずしては　なりません
むきもかなわぬ　ちいさないりぐち
めがくらみます

まっかにやけた　ひばしのさき
ひかかった　ふみのもえがら
かきだしたは　なりません

ひだねは　けしずみから　おごります
はいになっても　なお
うずく　ひだま

あらいいき　ふきかえし
てをかざせば　ちしお
なみうちながら
さかのぼって　きます

いいあててはならない　むねのおふだ
そおっと　てをかさねられ

てつびんの　ゆ
ちりちりに　ふっとうした　まま

しらつゆ

おいで

天空をめぐりわたる風　の　音だったのでしょうか
みたまのゆくえを　たくされた　白い花々
星の水辺で　ぬけた翅のように　まどろんでいます

おいで

影をぬいだ花びら　が　しきりに　さそう声でしょうか
風とさざめきを　よりあわせた　地上へのみちすじ
を　つたう　しらつゆ
明けの空に　みみを澄ましています

つぎつぎ　たどりつくしずくで　かしげだす　蓮華

ゆるやかに
しなだれて
葉かげに　小首をよせるなり
いざる白蛇を　一寸に　のみこむなんて
たじろぎ

わななく　しっぽ

きりっと　ひるがえった　花裾
天たからかに　真っ白い光りを
おじけづく　わたしの腕　を

おいで

あとずさりしていく　風
引きよせられ
わたしは
みみをふさがれて

つばき

垣根のしげみのなかに腕をつっこみ
つばきの蕾をことごとく盗っていく老女

無数の蕾はいまから　みごとな季節をむかえようとしておりました

老女はおもわず小さなこえをあげ
血がにじむ二の腕にしばし唇をあて　吐きすてたのでございます

そのうしろ姿は　かかえこんだやわらかな髪にかおをうずめ
ふかいため息を吐くようにみえたのでございます

人影もきにせず　ふりかえりもせず

――うそを　つきとおせるかね――

すると足もとに散らばった生首がぱっと眼をさましたのです
すでにうその熱をやどしている蕾は
わずかな風音にも狂気が憑いてくるのでございましょう
たちまち色づきころがりあう笑い声のなんと清しいこと

逆上するはりつめたおもいが　花弁のふちを打ちはたくとき

はなはひらくのでございます
こおるまでにひややかで
ふるえるまでにいとおしいうそは　艶やかな　はな

ごらんなさい
老女の髪どめから深紅のしずく
だまった塊は
ふりきれず　おちることもできないのでございます

ひざがしら

日に三度の　結界
むかいあって　うやうやしく　合掌
目　あわせない

一汁一菜　ささやかな膳
一文字に　とじた箸
ゆるり　もちあげ

まぶたをすこしあげると
蜘蛛の糸のような　まばたきする　光

そのさき
よそよそしく　ゆげ　ゆらめき
ふたつの世の　さかいを　かくす

食卓のした　ふれんばかりの　ひざがしら
みつめあったまま
わらいかたも　わすれ
目のそらしかたも　わすれ

庭のつむじ風　うわめづかいの枯葉をなじる

無言のまま　うごかしつづける　みだらな口
ひえきった　白湯で
喉のおくの　えぐみ　おしながす

ふたたび
あわせない　目

わたしがいる

わたくしあめ

もっとやわらかいところ　あたたかく
あかい　ちが　あるはず

よこになると　なだれだすかわ　ひろがり

つんでも　つんでも　つみきれないとうは
たたきつぶしなさい　って

かわもに　むねをはだけて
ばらは　ちを　しぼる

よりそって　かさねあわせても　はなにはなれない
しんくの　いろは　どこ

ゆびのさきざきに　おいつめられた　きおく
どすぐろくたわみ　みずぎわもとめ　のびていく

すておきなさい
かわべで　てまねきする　ろうばなど
なんまいのきものをはぎとれば
ふりむいてもなりません

にげきるのです

にげて　にげつかれて
はらばいになった　せを
ひややかに　ぬらすあめ

とおりあめかしら

いいえちがいます
わたくしあめ　で　ございます

ひとしきり
罪　ひとしきり

ぼたん雪

うすやみのなか　障子のすそ　影がはしった

いれかわった冷気が　紙にしみこみ　はいあがる
そとはみぞれから　ぼたん雪にかわる

えりあしのややした　みぶるいする　うぶげを
あおい殺気が　すうーっとなでおろしていく

あいつにだけは　眼を　みられるな
障子をしめなおそうと　のばした腕で
うけとってしまった　ぼたん雪
ピシャと　平手うちがはしる
すきあらば　とり憑こうと
鳥の眼をもつ
うらみも　ぐちも　みじんとなって
舞いおちるなか　なぜ

その　ひとひら
を　追ってしまう

そいつにだけは　背を　みせるな
すきあらば　突き刺そうと
鳥の羽をだく

障子のすそ影で
きゅうに寒椿が　わななく
ぶざまに　息きらして　殺されていく

うごかないで

ガラスにうつる　あさい春のむこうへ
すべりおちてしまった　むこう岸
だめ　うごかないで
わずかなぬくみを　しずめる

ゆきのおもてに翅をひろげたまま

息をはきだし
力を　ぬいてごらん
うごかないものよ

みつめあった　眼　とおく
みあきた　空も　海も

両眼で　おなじものをみない　とり
片方は　たえず　天の風向きを追っている

横一列にならび　かぎつけてきたものたちが　見おろしている

生命の向きは　そのままでいい
気づかいなど
逝くときも　するり　抜けでていくのだから

翅のあいだから　よみがえる月色のしずく
なでおろした　人差し指
を
ふいに
噛んだまま　はなさない

ひぐらし

どこで　つかんできたか
拳のなか　ガラス玉にうつった　かお
まだ　しあがって　ない
地上にはやくもどりすぎた　と　吐く
ツクツク　ホーシ

ツクツク　ホーシ

やぶれた蓮のうてなであそぶ夜つゆを
ひといきに飲みこんだ

酔いが　まわらない

しらたまは　月にくるまれ
発酵するが
菌がたりない　と　突く

ツクヅク　ボーシ
ツクヅク　ボーシ

すきとおった羽をかさねてくる　アキアカネ

口におしあてられた　石
ないて　と　せがむかおが
うすくわらっている

アノヨモ　ナーシ
コノヨモ　ナーシ

わたし　つくづく奉仕

つじつま

へいたんが　いつしかさかになる　まなつのひるさがり
さかみちをのぼる
はかばまでの　さか

みちのりょうわき
ちぎれたつぼみから　はなひらく　おにゆり
いくつもの　くろいした　だしながら

ねもとから　ぬめっとでた　て
おにゆりのくちを　おさえきれない

おほほほ
おほほほ

つじつま　あわそうだなんて　いまさら

ひんやりとした　つちのうえにおいた　のどぼとけ　の
ほねのかたちが　おもいだせない
たまじゃりのなかに　つまさきがくいこむ
ふんではならない　たたみのへり
そのほほば　まもりつづけてきたものの

おほほほ
おほほほ

いまさら　つじつまあわせたところで
わらいごえ　ふりはらう　て　あせばみ
はかいしに　かけたみず
たちまち　ほむらのように　もつれながらたちのぼる
いきたえだえ　の　せみのこえ
ひくく　わらいごえにかわる

*

こおろぎ

残照から地上に吐き出された　こおろぎ
羽がすり切れるまで
聞きあきた　いいわけをくりかえす
うしろ足にこめた満身のちから
飛び立てない

黒く光っていく触角で　まさぐるもの

黒く光っていく眼球で　見定めるもの

かつて亡母の腹のなかで
黒点でしかなかったころ
こおろぎのような　触覚と眼球を
ギラギラさせ
うしろ足でどれだけ　母の腹を蹴っていただろう

秋の闇はふかく
夜風は人肌よりも
なまあたたかく　まつわりつく
なき止まぬこおろぎに　打った水

ピタッと　風さえもやみ
なけぬ声が　ねっとりと闇の底にひろがった

やがて
草葉がゆらぎはじめると
濡れた羽音が
幽かな母の愚痴となって　夜更けまでつづいた

ホタル

握りつぶしたの
てのひらから這いあがってくる　未練
はらい落としてしまいたい

両手をくさむらに　すりつけ
ふり切ろう　と
よろけてしまい

倒れかかるわきばらを
川沿いの　どてにうけとめられ
月にむけて　投げだした脚
だきかかえられるように
みうごきできぬ水底まで　化身していく

そう、月を孕むって　こんなんだった

よどみでは　すきとおった稚魚と　小鳥が
右往左往　小競りあっている

みなものあかり　が　ゆらぐなか

月をいくつも　うみつづけた

ながれがあらい水口で
月の胞衣を　洗いつづけた

「こっちのみずは　甘いよぉ」

そう、川上のあたらしい水は　甘かったのだ

ふり切ってしまいたい
なげすてたい柔肌の　ぬけがら
流して　流しつづけなければ

かくれみの

ふらり　おりたつ
足もとから　みずうみがひろがっていく
案内板にぶらさがった　いろあせた　みの
かくれみのです　ご自由に

いまさら　だれかれから　逃げることもない　が

羽織ってすがたが　きえたかどうか
みずぎわにうつしてみた
いまさら　影におびえることもない

みの　のなかは
ぶあつい胸板で　せなかをあたためられた　ときのよう
あまくやわらかい風が　ながれている

さらに　身をこごめると
うとうと　みずうみの底
とおくにいた魚までが
さわがしく　ゆび先をつつきにくる
くすぶりつづける消壺　かきまぜてきたゆびが

そんなに美味しいか
あわてたみずうみの主
魚のえさには　清らかなものを　という

いそぐ旅のふりをして
とりあえず
ときめくたびに　紅く熟れていった耳たぶを
引きちぎって　はなった

二つの珠は　狂おしいまでに　ながい尾をひいて
きえていった

みのをもどし　机をうらがえす

しおかぜに足をとられぬよう　御用心
最終列車のおとがちかづいてくる
せなかがうそさむい

夜ぐも

おくれ髪つたう　夕やみから
ぬけ殼　が　ひとつ
ひざもとに　ころがってまいりました

殼とはいえ　夜のくもは　凶
払いのけよう　と

そのとき
なかで　なにやら　うごめくもの

きえいりそうなゆうひに　すかしてみますと
やせおとろえた老婆
きしむ糸車を　まわしているではありませんか

くすんだ糸に
髪あぶらもなければ
生つばもとっくに　かれているでしょう

夜のくもは親の化身
殺せ

いいつたえは　尻のしたからはいあがり

軒下に　掃きすてたのでございます

おなじ　くもでも
朝ぐもは　吉祥
明け方　うらぐちでみつけるや　おんなども
かくすように　ふところふかく　おさめたのでございます

天上より　日の光にかがやく　糸のさき
吉兆の使い　と　みえたのでしょう

そおっなんでございます
そのくもたち
いちども腹からはいでてきた　影さえ
みたことがございません

かきつばた

上気した襟あしを
そっと月にさらす
包丁をとぐ時刻
しまい湯をあび
明日は　咲きましょう

やみにつたえた

いのちごいを　したものたちから
したたりうけた　血の色
くさ帯も　しめなおした
よそおいは　古代むらさき

よかぜに　波のせをあわせる
すそをあげ　さかな　をまねて
まねても　なりきれない
花にかえってしまう
やみをなんどでも　ふちどる花に　うまれてしまう

あしもとには　魚道ができ
飛来したものたちと
じゆうに　泳ぎまわるときいて
なおさら

すばやくかけぬけていく　さかなのかげ
ピクッ　と　はねた

身をすます

はもんをつたう　血のたかまり

よもにはがれていくやみの　どまん中を　つきぬけ
ひらこうとする花弁が　うろこ　になる

あさぎり

あさのドアをあけると　なにもみえない
おもわずしめてしまった
その手で　また　のぞく外

あらくれたあとの　におい
谷間をまさぐり
山肌をなでおろした　生ぐさい　いき

一面　しろくにごった庭に
うでをのばしきれず　おとしてしまった　やさい

そのさき
そっと戯れる　けものの手と足
おもわず尾を逆立ててしまった

野ぎつねが　澄んだひとみでみつめかえしてくる
むかいあったまま　みうごきできない

けものの　目
細おもてといい　そっくり

おなじ臭いではないか

すでに
目のおくで　光るもの
互いにみつけてしまった　ちがうか

野ぎつねの腹が　なみうつ
かつてない　粗息が　せりあがってくる

――刺しちがえるなら　今――

あさぎりが
鶏頭のはなさきで　すこし晴れ

いくつもの逃げ道　ゆらして

寒ごこち

寒　しじみも
寒　すずめも
うまかった

裏の小川　かきわけすすむ姉の姿をおう
雪になげだされた　泥と砂利
しじみを　よりわけるよう　いいつけられ

一晩や二晩で　泥は吐ききらない
吐きつづけ　つかれきった口　ぽっかり
包丁の先で　ちょっと　つっつく

ぐっと　脚をとじるような　締まりぐあい

生きている　を　たしかめる
生きていることは　泥を吐くこと

つしの窓を　開け放つ
すずめの餌は　ひとつまみの生米

おさな心で　そう　おぼえた

いろりの　ふち
そっぽむいた裸のすずめ　の　串刺しがならび
脂ぎったタレがしたたる

夜ごと
どの年も　あれ狂う吹雪　のたうちまわり
帯戸のすきまに
またしても　手まねくは
赤い舌は　かくさねば

あのころの寒の味　が
舌のうえで
およがしてきた　もの
ころがしてきた　もの

ざわめく

すっかり猫背になって
と　橋のたもとのポスト
かかえていたことばのこぼれにも　気づかない
背中あわせの老いた桜
月夜にはすこし　すりよってもみせるが
こぼれにも　気づかない

桜はいつだってにび色のやいば
まなじりは背中をねらっている

春雨のあとのねっとりとした湿った風はくせもの
こころとかすことばが欲しいとしなだれてくる
たかぶる毒気はしずめようもない

たまに　ふるいつきたいほどのことばが
欲しい　と
血なまぐさいざわめきのむこう
どこに　こぼれていったことか
と　急に浮き足たって
うろたえたポストに　目をしばたたき

山肌まであつく　ざわついてくる

ほんのり
ほてりだしたすそ野を　ひるがえしては
ため息を　はためかす
目を見ひらいたまま身をよじる
老いた桜の　そのかげ
なれた手つきの鬼女が　背中の花びらを
払いおとしている

月までも
狂気のない桜なんて

＊にび色（鈍色）　染色の色。薄墨色。濃いねずみ色。昔、喪服にはこの色を用いた。

うたかた

日ごと　のびていく指を空にかざす
指と指のあいだ
つばさをまねた　うすい膜
憎しみあうたび
なめずりあった飛膜
氷雨よりも　つめたい

だんだん透きとおっていくてのひら
なつかしげに浮かぶうたかたを　そっと握ってみる
さあ　もういかなければ

まだてのひらにのこる人の匂いが　袖口でからむ
眼にうつるのは　まぼろし
輪郭がながい尾をひいたまんま
陽がのぼるまえにいかなければ
うしろめたい影が　かくしきれないではないか

宙吊りになった鳥の
耳だけが立ちあがり
夜明けをさがす
あかね雲が　しずかに打ちよせはじめた

さあ　いかなければ

つかまる枝など
もう　どこにもないのに

夕やみ

わすれてはならない記憶　は
くるんだ風呂敷づつみ　片手をふってみせるのです
あとは　もう　なにも
ふりむくものもない　と

雪の原の　むこう岸　で
ちいさくまたたいた　青いあかり

夕やみの窓ガラスをとおして　うつしだされた　零
一粒のしずくを　かたどって
あまりにも
深い息が　零の穴に　吸いこまれていきました

引きちぎったカーテンのような　いきづかい

「まだ　なにもかも途中です」

冬鳥のあしあとより　かぼそい記憶　ひとすじ　ふたすじ
ひろいあつめようにも
かけだした足首をつかまえて
はなさない

眼をあげれば
空を無尽にさいて　おどけてみせる　コウモリのむれ
雪の上を　すれすれに飛びかい　行き先をかくすのです

みえぬ目をみひらき
牙をむきだし
この先は　みてはならぬと
眉間　寸前で

つぎつぎ　ひるがえっていくのです

あとがき

　春浅い若狭路の老人ホームへ。色あせたメモをたよりに探しあぐねた入口、曲り階段を上るたび、体温を示し通された部屋に姉は置物のように、窓を見つめていました。声をかけても、手をさしだしても、まばたきひとつせずに。それでも近況を言いつつ、顔を近づけて頬を撫でようとしたとき、おびえた手足を胸元に、じっと身がまえていることに気づきました。思いつくままに歯止めなく踏みこんできてしまったそこ、そこにはどんな時の流れがあったのだろう。わたしの姿はどのように写っていたのだろうか。自分の心の粗雑さを恥じ入りました。目をそらした窓の外には淡い梅の花びらがいきもののように、ゆっくり飛び交っていました。

わたしはこれからどのような思いの丈を詩に書いてゆけばいいのだろうか。このホームの呆けたような一瞬と永遠のそんな刻のなかでいつまでもこない電車を待っていました。

高校生の頃から詩を書いてきました。「木立ち」の川上明日夫さまには、その頃からご指導いただき、感謝申し上げます。

この詩集の出版にあたり、思潮社の皆さま、編集の藤井一乃さま、装幀の和泉紗理さまには大変お心遣いいただきました。こころより御礼申し上げます。

二〇二〇年春

今村秀子

今村秀子（いまむら・ひでこ）

一九四九年福井県南条郡南越前町脇本生まれ

詩集
『十七才のうた』一九六六年、私家版
『野菊』一九七八年、私家版
『紅蓮』一九八九年、能登印刷出版部
『百八枚の花びら』一九九五年、能登印刷出版部
『山姥考』二〇〇九年、書肆青樹社

詩誌「木立ち」同人
日本現代詩人会・中日詩人会・福井ふるさと詩人クラブ　各会員
日本現代詩歌文学館評議員

現住所　〒九一九―〇二二五　福井県南条郡南越前町東谷八―六―五　後出方

つまからほどきましょ

著者
今村秀子《いまむらひでこ》

発行者
小田久郎

発行所
株式会社 思潮社
〒一六二−〇八四二　東京都新宿区市谷砂土原町三−十五
電話 〇三（三二六七）八一五三（営業）・八一四一（編集）
ＦＡＸ 〇三（三二六七）八一四二

印刷・製本
三報社印刷株式会社

発行日
二〇二〇年八月一日